Vamos a la peluquería

Parragon

Bath • New York • Singapore • Hong Kong • Cologne • Delhi
Melbourne • Amsterdam • Johannesburg • Auckland • Shenzhen

Cómo usar este libro

Lee esta historia acerca de Inés y lo que le pasó el primer día que fue a la peluquería.

Mira bien cada una de las imágenes. En las actividades de cada página tendrás que buscar algo, contar objetos o pegar un sticker.

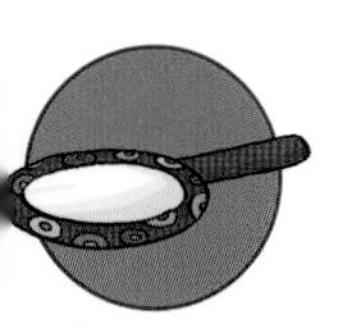

Puedes realizar cada actividad a medida que lees, o bien leer primero el libro entero y realizar después las actividades. Encontrarás las respuestas en la parte de abajo de cada página de actividades.

En algunas imágenes tendrás que poner un sticker para completar la escena o la actividad. Si te sobran stickers, puedes usarlos para decorar tu certificado o lo que tú quieras.

¡Inés se va a cortar el pelo por primera vez! Hoy irá a la peluquería con su hermano Marcos.

Marcos dice que va a ser divertido, pero Inés no lo tiene claro. «¡Ya hemos llegado!», dice mamá.

Busca el sticker del perro y pégalo aquí.

En la peluquería huele muy bien a champú. Tienen música puesta y se oyen los secadores en marcha.

Señala el objeto de cada fila que es diferente de los demás.

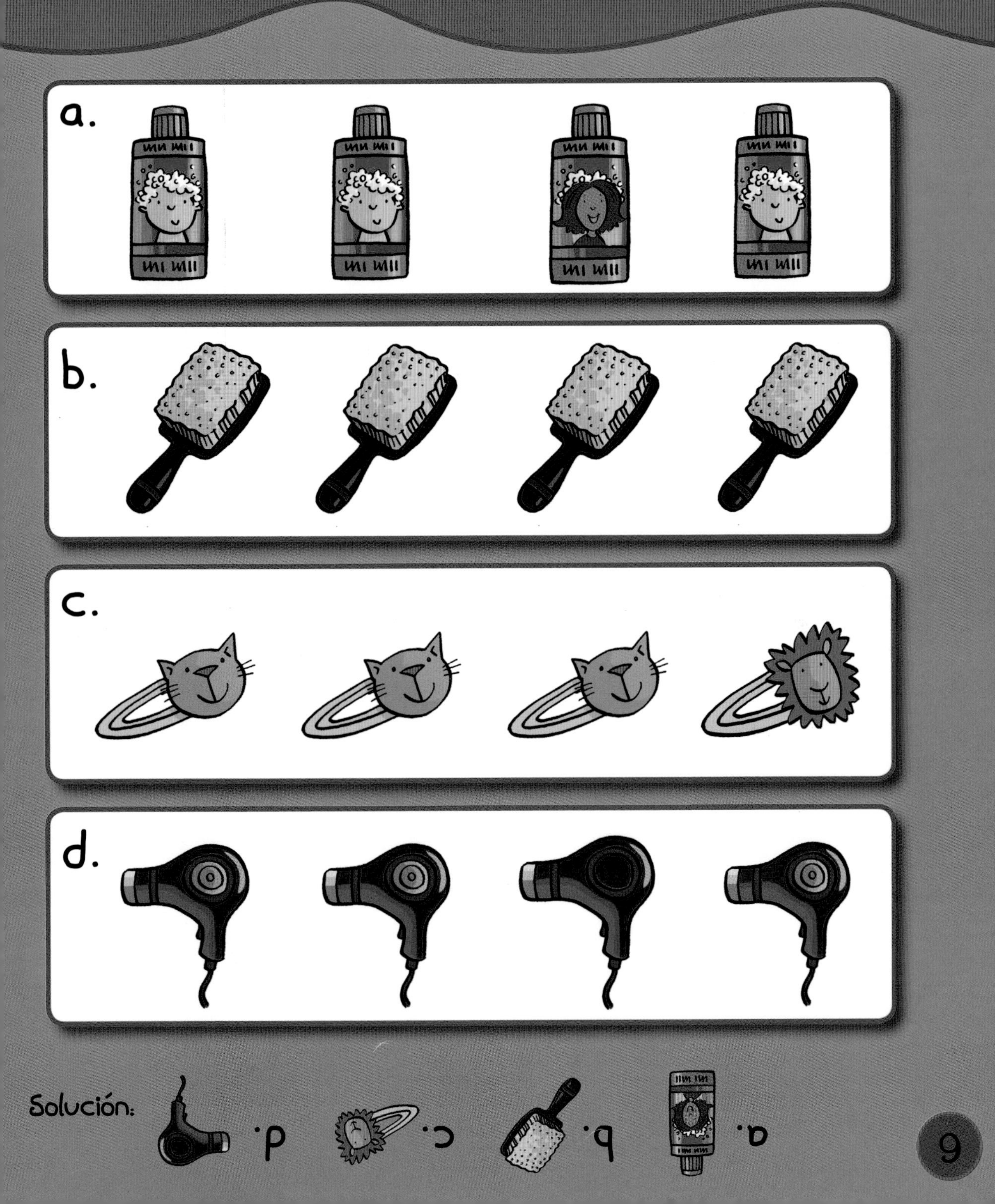

La peluquera se llama Elena.
Les ayuda a colgar las bufandas y los abrigos.

Elena les pone a Marcos y a Inés una capa especial. ¡Hasta tiene una para el osito de Inés!

Observa bien los abrigos, las bufandas y el gorro, y empárejalos.

Mira todo lo que está pasando en la peluquería.

¿A quién le están lavando el pelo?

¿Quién se está cortando el pelo?

¿A quién le están secando el pelo?

¿Puedes encontrar cuatro secadores?

Busca 3 stickers para completar esta imagen.

«Primero te cortaré el pelo a ti», le dice Elena a Marcos. Le sube la silla para que se vea bien.

Elena le echa agua a Marcos en el pelo y se lo peina hacia delante. A Inés le resulta divertido.

Señala los objetos que podrías encontrar en una peluquería.

Inés observa mientras a Marcos le cortan el pelo. Tiene que quedarse quieto y con la cabeza recta.

Busca estos objetos en la peluquería.

«¿Qué se siente?», dice Inés. A Marcos le caen pelos en la nariz y responde: «¡Hace cosquillas!».

Pon aquí
el sticker
de Inés.

A Marcos ya han terminado de cortarle el pelo. Elena le pone un poco de fijador.

Con un espejo le enseña cómo ha quedado por detrás. «¡Me queda muy bien!», dice Marcos.

Busca cinco diferencias entre las imágenes de esta página y la anterior.

Solución

«Ahora te toca a ti, Inés», dice Elena. Inés tiene muchas ganas de ver cómo le va a quedar el pelo

Elena le enseña a Inés y a mamá unos cuantos peinados. «¿Cuál de ellos prefieres?», le pregunta.

«¿Estás lista?», le pregunta Elena. Le echa a Inés agua en el pelo y empieza a cortárselo.

«Marcos tenía razón, ¡hace cosquillas!», dice Inés riéndose.

Indica dónde hay que poner las piezas para terminar el rompecabezas. ¿Qué pieza no encaja?

Solución: La pieza b no encaja en el rompecabezas.

Enseguida acaban de cortarle el pelo. Inés está muy orgullosa. ¡Hasta su osito luce un nuevo peinado!

Sigue el camino correcto para que el osito pueda encontrar su horquilla.

Solución:

El camino que lleva a la horquilla del osito es el C.

¡A Inés le encanta su nuevo peinado! Mueve la cabeza de un lado a otro para ver cómo le queda.

Encuentra las dos fotografías de Inés que son exactamente iguales.

a.

b.

c.

d.

e.

f.

Solución: Las fotos A y E son iguales.

Mamá le compra a Inés una diadema y a Marcos un fijador por haberse portado bien.

«Así estarán siempre bien peinados»,
dice mamá.

Cuando llegan a casa, mamá les saca una foto a Marcos, Inés y el osito. «¡Vuestros nuevos cortes de pelo son muy lindos!», les dice.